La Casa de la Muerte

Christian Brancati

Horror

Título: La Casa de la Muerte

Autor: Christian Brancati

Cover: MiblArt

Primera edición

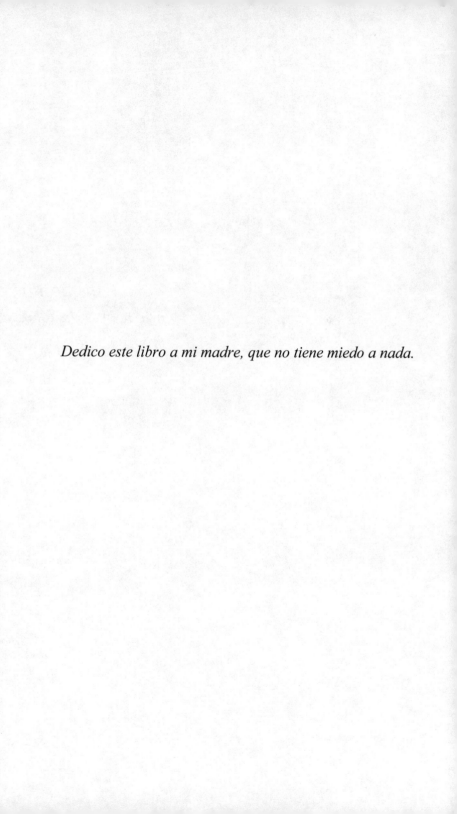

Dedico este libro a mi madre, que no tiene miedo a nada.

*Inspirado
por un verdadero
historia personal*

Resumen

El fantasma - Entre el sueño y la realidad

01

Vacaciones de primavera

El mar cristalino de la costa oeste estaba precioso aquella mañana. A John le encantaba surfear en las grandes olas de California. Medían unos dos metros y daban miedo, pero el chico con su tabla de surf azul cielo surcaba las olas con maestría, para él era como andar descalzo por el suelo. La blanca playa de Santa Mónica estaba llena de gente que se divertía nadando y tomando el sol en tumbonas o estirada en toallas de playa. Los quioscos cercanos vendían bebidas y la gente bailaba bajo un sol abrasador. Cerca de la playa había bonitos hoteles, que habían sido construidos justo al lado del mar. El socorrista de la caseta blanca supervisaba toda la playa. Desde lejos, se veían chicos y niños divirtiéndose en la noria, la noria de Santa Mónica, situada en el muelle más famoso de California. Las numerosas palmeras abrazaban la playa dándole calidez y armonía.

"¡El mar es precioso!" gritó John, y empezó a mirar hacia las profundidades del océano.

John tenía 24 años, había nacido y crecido en la ciudad de Los Ángeles. Le encantaba el mar, medía 1,75 metros, pesaba 59 kilos y tenía un físico atlético. Tenía los ojos verdes, el pelo rubio ceniza y lo llevaba con un mechón hacia arriba. Tenía la nariz pequeña y los labios finos. No le gustaba llevar barba y se la afeitaba todas las mañanas. Llevaba un bañador azul claro con una línea vertical blanca dibujada encima.

"¡Venga! No te sientes siempre en esa tabla de surf!", dijo

Janine, una chica de pelo negro largo y ondulado. Tenía los ojos marrones, la nariz pequeña y recta, los labios pronunciados y un físico esbelto. Medía un metro setenta y llevaba un bañador morado de dos piezas. Su piel era clara y se quemaba a menudo con el sol.

Janine le salpicó con agua y empezó a cabalgar las olas con una tabla de surf morada. John la siguió con la tabla azul cielo. La chica corría entre las olas, a él le resultaba difícil seguirla. Casi consigue alcanzarla, cuando una ola gigante de tres metros de altura le arrolló y le hizo dar varias volteretas bajo el agua.

"¿Querías atraparme? Pero alguien te atrapó", dijo riendo. "¡Pero basta!" contraatacó John con una sonrisa.

Los dos adolescentes salieron del agua y se tumbaron al sol en aquella hermosa playa de arena blanca. Estaban cansados, habían trabajado duro practicando su deporte favorito. Una pasión común que les unía profundamente.

Al cabo de unos minutos, llegaron sus amigos.

"¡Eh, hermano, has hecho un gran trabajo con esas ondas!", dijo Robin, un chico afroamericano alto y musculoso. Tenía el pelo rizado, los ojos azules y la nariz pequeña. Llevaba barba corta y un traje naranja de pata corta. Llevaba chanclas de color neón.

"¡Disfrutemos de estos días!", interrumpió Rooney, un chico con algo de sobrepeso al que le encantan las hamburguesas con queso. Era bajito, pelirrojo y de ojos verdes, con la nariz en forma de patata, y llevaba un traje blanco de calzoncillos. Tenía una barba espesa y bien cuidada, y se sacó un bocadillo de chocolate del bolsillo y empezó a comérselo sin remordimientos.

"¿Dónde están las chicas?", preguntó Janine.

"Barbara está en el bar tomando una copa, Lizzy no tardará en llegar", respondió Robin. "Entonces, ¿qué vamos a hacer estas vacaciones de primavera?", preguntó Rooney con la boca llena.

"¿Cancún?", propuso Janine. "¿Caribe?", propuso John.

"¿Ibiza?" intervino Bárbara recién llegada con una copa, llena de hielo y fruta, en la mano. Era una chica rubia, la típica chica a la que le encanta bailar y divertirse que se olvida de los compromisos y de todas las cosas importantes que hay que hacer. Era delgada, con dos ojos castaños que llamaban la atención, tenía la nariz respingona y vestía un traje Levi's rojo de dos piezas.

"¿Estás loca? Está en la otra punta del planeta!", replicó Lizzy, recién llegada. Era una chica voluptuosa, no delgada pero tampoco gorda. Llevaba gafas rojo oscuro, tenía el pelo corto de color morado, un aro en la nariz y vestía un traje verde de dos piezas.

"No tengo preferencias, ¡lo importante es divertirse! ¡Sobre todo comer en cantidad! ¿Qué puedo ofrecerte Lizzy?" dijo Rooney, pero la chica no contestó.

Los chicos reían juntos. Era esa época del año, las vacaciones de primavera. Durante una semana, estaban libres de exámenes y estudios universitarios. Toda una semana de fiesta, del 15 al 22 de marzo. Para ellos, el 2020 había reservado grandes sorpresas. Todos estudiaban en la misma universidad, la famosa Skyfall University de California. Estudiaban diferentes asignaturas y tenían una edad entre 23-25 años. John estudiaba lenguas antiguas, Janine medicina, Rooney arte, Barbara filosofía, Robin ingeniería y por último Lizzy informática. Se habían conocido durante una fiesta de fin de curso del instituto Venice de Los Ángeles hacía cuatro años, justo en aquella playa donde estaban tumbados al sol.

"¿Por qué no te vas a Kansas City?", interrumpe un joven de pelo verde, físico musculoso y traje blanco de calzoncillos.

"¿Y tú qué sabes, Mike?", respondió John.

"Fui allí hace unos años. Tenemos el mar de California a tiro de piedra. No tiene sentido viajar miles de km hasta Cancún. Es mejor disfrutar de un lugar diferente, la diversión está en todas partes. No sé si me explico" dijo Mike con un brillo en los ojos a las chicas y se marchó.

"¡No está del todo equivocado!" dijo Lizzy. "¡Me apunto!", añadió Rooney.

"¡Vale, pero las chicas estaremos en una habitación y vosotros en la otra!", dijo Barbara. "¡De acuerdo!", dijeron los chicos.

"¡Reservaré la habitación, en un lujoso hotel llamado Kansas City Universal! Sé cómo reservarla a un precio increíble", dijo Robin con confianza.

"¿Ah, sí? Entonces yo me encargaré de todo. Las chicas nos alojaremos en la suite más bonita del hotel", replicó Lizzy.

"¡Tenemos poco tiempo para reservar e irnos!". señaló John.

"Tranquilo hermano, haz las maletas. Mañana nos vamos a Kansas City", dijo Robin con entusiasmo.

"Me ocuparé del avión, esta vez volaremos con la Royal Air of America. Asegúrate de pagarme mañana, no soy millonaria. Los billetes cuestan una fortuna!" dijo Lizzy y todos los demás se echaron a reír.

"¡Así que está decidido! Un viaje improvisado es justo lo que necesitábamos", dijo Janine y John sintió un fuerte calor en su interior al verla sonreír.

Los chicos dejaron la playa y cada uno emprendió el camino de vuelta. Tenían medio día para hacer las maletas, reservar el viaje y partir. John abandonó la playa más hermosa de California, cogió su mochila gris y caminó entre los árboles que creaban un sendero que se alejaba de la playa. Eran palmeras de diez metros de altura, su casa estaba al final del camino y no muy lejos de la playa de Santa Mónica. Estaba rodeada de vegetación, parecía estar en una jungla. La casa era de pura madera de castaño, alrededor había palmeras, plantas, arbustos y flores. Los padres de John eran grandes naturalistas y botánicos que trabajaban para las universidades más prestigiosas de California. Habían hecho muchos descubrimientos cerca de su casa. De la Papaya consiguieron extraer una enzima llamada Papasi por ellos, era capaz de desintoxicar los carcinógenos contenidos en la carne ahumada. Habían creado así su propia dieta e incluso John se vio obligado a seguirla sin poder rebelarse.

"¡Ahora vamos a comer pollo asado con salsa de coco!", dijo su madre Marie cuando John entró en la cocina.

Era una mujer de unos sesenta años que parecía joven. Era ligeramente rellenita, inteligente, estimada y respetada en todo el Estado. Tenía el pelo castaño sin teñir, ojos verdes, nariz pequeña y labios carnosos. Llevaba un vestido largo hasta los pies con mangas cortas de color morado y zapatos bajos negros.

"¡Por qué tengo que aguantar todo esto!" se quejó John.

"¡Oh, vamos! De postre hay un plato de fruta con nata

montada", dijo su padre Jerry.

Era mayor que su mujer, llevaba gafas y era delgado. Tenía los ojos azules y algunas canas en la cabeza. También era respetado por todos en el país. Llevaba una camiseta amarilla, pantalones cortos blancos y zapatillas.

"¡Claro, pero hecho con leche de cabra!". replicó Marie. "¡Lo sabía!" John maldijo.

La casa de madera tenía un tejado negro inclinado hecho con tejas ecológicas. Encima de las tejas se instalaron una serie de paneles solares a los que la energía del Sol suministraba energía eléctrica para la luz, los electrodomésticos, la calefacción y el aire acondicionado. Energía limpia con una producción mínima de residuos tóxicos.

"¡Ve a por la fruta!" le dijo la madre de John.

El chico salió y empezó a recoger fruta de los árboles que rodeaban la casa: plátanos, higos, dátiles, papayas, mangos e incluso fruta de la pasión. También cogió cúrcuma y chile rojo de su huerto.

"Hace un calor de locos. Tengo que ponerme a hacer la maleta, ¡mañana nos vamos!". John dijo con emoción.

Entró en la casa por una puerta roja de forma triangular. El suelo era de madera oscura, mientras que las paredes eran de un marrón más claro y dulce. Las bombillas colgaban del techo sujetas a candelabros con forma de cuerda. La entrada era espaciosa y a la izquierda había un perchero en la pared. A la derecha, una escalera conducía al primer piso de la casa. Tras un corto pasillo a la izquierda, se entraba en la cocina. Era grande, con una mesa con siete sillas, un frigorífico de lujo, una refinada placa de cocina y un fregadero de mármol a la izquierda de la habitación. A la derecha había un sofá beige frente a una gran ventana que dejaba entrar la luz y separaba la habitación del verde que rodeaba la casa.

John le dio la fruta a su madre y se sentó a la mesa. Empezó a ojear las fotos de Kansas City en las redes sociales. Le encantaba descubrir lugares nuevos y no veía el momento de marcharse.

"¡Mañana me voy con mis amigos!" dijo John. Marie y Jerry se quedaron sorprendidos. "¡Te has vuelto loco! Sin siquiera decírnoslo", dijo Marie.

"¿Y con qué dinero?" preguntó Jerry.

"No te preocupes, sólo será una semana. Había ahorrado dinero para la ocasión, y repartiremos los gastos entre nosotros" respondió John.

"¡Sólo me estáis dando dolores de cabeza! Vamos a comer ya!", dijo Marie con agitación. "¿Adónde vas?", preguntó Jerry con curiosidad.

"¡A Kansas City! Con un vuelo directo", respondió John. Mamá se sintió desfallecer. "¡No cojas el avión!"

Siempre había tenido miedo a volar y sólo había subido a un avión dos veces en su vida. Tuvieron que dormirla con una benzodiacepina, pero aún tenía malos recuerdos de aquel viaje, que, según su marido, fue tranquilo.

"Cálmate Marie, van a la ciudad. Estarán bien", dijo Jerry mientras abría una botella de licor que había preparado, el "Black Mangus", hecho con 3/4 de mango y 1/4 de alcohol.

Al terminar de cenar, John se dio cuenta de que ya eran

las tres de la tarde. Subió las escaleras y se dirigió a su habitación. Era espaciosa, con pósters en las paredes que representaban a sus héroes, desde música a películas, pasando por personajes de manga. La cama de la habitación era grande, con sábanas de algodón color esmeralda, frente a la cama había un televisor de 25 pulgadas y a la izquierda un escritorio gris en forma de "L" con un portátil negro de última generación. En la pared derecha había un pequeño armario con toda su ropa y pegado a él una pequeña estantería blanca llena de libros.

"Ahora viene la parte molesta" murmuró John.

Sacó de debajo de la cama una maleta azul de tamaño mediano. La puso sobre la cama y la abrió. Estaba llena de compartimentos y cabían muchas cosas a pesar de su tamaño.

"Así que estaremos fuera siete días. Así que tengo que coger siete calzoncillos y siete pares de calcetines" los cogió y los metió en la bolsa.

"¿Qué tiempo hace? ¿Hace frío o calor? ¿Llueve?" Comprobó el tiempo en su teléfono y vio que habría fluctuaciones entre 20 y 35 grados.

"Hará calor, pero mejor llevar algo pesado y también un paraguas", pensó.

Metió en la maleta seis camisas, tres sudaderas, ocho pantalones y un chándal. Luego cogió las zapatillas, el jabón, el gel de ducha con olor a pino, el cepillo de dientes y la pasta dentífrica con xilitol. Dobló la ropa con precisión y consiguió meter en la maleta todo lo que necesitaba para el viaje. Metió un paraguas, los textos y otras cosas en la mochila gris.

"¡Bien hecho! Es hora de ducharse", dijo satisfecho.

John pensaba en su viaje con Janine mientras se duchaba, preguntándose qué comería sin tener que seguir la estricta dieta de su madre. Quería visitar el zoo de Kansas City, donde había todo tipo de animales, ver los elefantes, los monos, los osos polares y, sobre todo, coger el Sky Safari, un teleférico que permitía ver a los animales desde arriba. Tenía curiosidad por visitar el estadio de fútbol americano Arrowhead Stadium, donde jugaba el equipo Kansas City Chiefs, ver los cuadros de Caravaggio y Van Gogh en el Museo Nelson-Atkins y probar los deliciosos platos de los mejores restaurantes de la ciudad.

"Espero poder ver todos estos lugares con Janine" dijo John con las manos en su pelo enjabonado.

Tras lavarse y secarse, se puso una camisa naranja de manga corta y unos pantalones negros.

Se tumbó en la cama y cogió su último smartphone.

"Mañana, salida a las 5:40 am en la parada número 9. El avión saldrá a las 8:30 am del aeropuerto de Los Ángeles. Llegaremos a las 12 con el vuelo directo de Spratz American Airlines. El billete cuesta 110 dólares, la vuelta está incluida. Sed puntuales", escribió Lizzy en el grupo de WhatsApp llamado "Viaje divertido".

"¡Bien hecho!" - Rooney. "¡Genial!" - John.

"¿Cómo es el hotel?" - Janine. "¿Hay piscina?" - Barbara.

"¡Sí, te quedarás pasmado!" - Lizzy. "¿Reservaste a Robin?" - Rooney.

"¡Usé un sitio nuevo, Bookstarg! Será una gran sorpresa". - Robin.

"¿Reservaste una habitación en el hotel Kansas City Universal como te dije? ¿Con desayuno y comida incluidos?" - Lizzy.

"Relájate, cariño. Piensa en comprar patatas fritas, palomitas, nachos y todo lo que quieras.

Serán unas vacaciones inolvidables". - Robin. "No puedo esperar" - John.

"¡Yo también!" - Janine.

John se sonrojó un momento, la chica le incomodaba. Le gustaba estar con ella más que con nadie. La idea de las vacaciones le había puesto de buen humor. Antes de que se diera cuenta, eran las ocho de la tarde. Bajó a cenar con sus padres, que murmuraban entre ellos sobre plantas y cosas extrañas. John estaba acostumbrado y a menudo no prestaba atención a sus palabras.

"Come, hijo, una minestrone de verduras con una pizca de cúrcuma y guindilla. Será la última comida decente que tendrás antes de irte!", dijo Marie, disgustada.

"O quizás esta sea la última mala comida antes de partir" pensó John.

"¡Y luego está el cerdo asado con 'salsa de Jerry' hecha con verduras de primera calidad! Es tu plato favorito!" dijo Jerry, poniendo el plato delante de John.

"¡Me iré una semana, no un año!". dijo John y sus padres se rieron.

"Come y fortalécete. Despídete de Janine de mi parte mañana", dijo Marie. "¿Por qué?" preguntó John.

"Porque sí", silbó su madre.

John no le hizo caso y se comió todo lo que le dieron. En cuanto terminó de comer, fue al baño a lavarse los dientes. Marie y John ordenaron la cocina y luego se fueron a dormir a su habitación, frente a la de John. Era una habitación espaciosa, con una cama que tenía un armazón de madera y un colchón de agua, dos almohadas con lana de cabra y un pequeño televisor LCD de plasma colocado frente a la cama. A la derecha había una mesilla de noche de color ciruela y a la izquierda un armario verde de dos puertas cerca de una pequeña ventana.

"Querida, estoy preocupada por John. ¿Y si le pasa algo?", dijo Marie en la cama. "Ten fe en él, sabe cuidar de sí mismo y de los demás", respondió Jerry.

John volvió a la habitación y se puso un pijama azul compuesto por una camiseta de manga corta y unos pantalones cortos. Se tumbó en la cama y encendió el televisor inteligente. Gracias a Internet, utilizó el portal Netfiction para disfrutar de episodios de su serie favorita El domador de demonios, en la que un joven guerrero luchaba contra demonios dentro del Coliseo. Después de ver dos episodios, ya era tarde. Se despidió de sus amigos del grupo y se fue a dormir.

"¡Kansas City, estamos llegando!", murmuró, medio dormido.

02

Salida

It's the final countdown!". El tono del teléfono inteligente despertó a John de un profundo sueño. Eran las 5:10 de "la mañana y John se sentía aturdido. Fue al baño, se dio una ducha rápida, se lavó la cara y los dientes. Volvió a su habitación, se puso una sudadera azul con capucha, unos pantalones verde oscuro y un par de deportivas azules de McGonagall, que eran muy cómodas. Hacía frío fuera, 6°C. Afortunadamente, ya había hecho las maletas y todo lo que necesitaba. John se puso la mochila y cogió su maleta con la mano derecha.

"¡Buen viaje!", le dijeron sus padres al entrar en la habitación. "¡Gracias!" respondió John.

"He preparado algo para el viaje, baja a la cocina" dijo Marie.

Los tres bajaron a la cocina, John vio un paquete marrón y lo cogió, luego lo metió en su mochila. Había dinero sobre la mesa.

"¿500 dólares? Eso es mucho!" John estaba asombrado. "¡Te lo has ganado, buen viaje!" Jerry dijo.

John abrazó cariñosamente a sus padres, guardó el dinero en su cartera marrón y luego se puso su chaqueta gris. A continuación salió de la casa y Jerry y Marie se despidieron con la mano desde la distancia. El chico bajó por la calle entre los árboles y al cabo de unos minutos llegó a St. James Street, la calle que le llevaría a la parada del autobús número 9. Por el camino, miró el mar en el horizonte. Ya sabía que lo echaría de menos, pues vio un espejismo de delfines felices saltando a lo lejos.

"¡Hey hermano, ya has tardado bastante!" dijo Robin bajo la parada del autobús. El chico llevaba un gorro de lana blanco, una chaqueta roja y un vaquero gris. Llevaba zapatillas negras, como de costumbre. Llevaba consigo un pequeño carrito negro y una bolsa naranja.

"¡Vamos, todavía estamos a tiempo!" dijo Rooney con alegría. Estaba tranquilo, llevaba una cazadora blanca, un gorro verde, pantalones negros con rayas grises y mocasines oscuros. Llevaba dos bolsas llenas de cosas, probablemente comida.

"¿Dónde están las chicas?" John preguntó.

"¡Aquí estamos!", gritan las tres chicas al unísono desde lejos. Todas iban encapuchadas y llevaban guantes. Janine llevaba una chaqueta morada, Barbara una rosa y Lizzy una verde.

El sombrero y los guantes eran del mismo color que la chaqueta. Llevaban zapatos elegantes y de marcas famosas. Los tres llevaban un equipaje enorme. "Han traído demasiadas cosas", pensó John.

Los chicos se agruparon todos bajo la parada de autobús número 9, bien indicada por el cartel con un autobús azul sobre una acera gris y bordeada de palmeras.

"¡Ya viene!" gritó Robin, divisando el autobús desde la distancia.

Los chicos hicieron señas al conductor del autobús azul para que se detuviera. Era un hombre de cincuenta años, regordete y de piel clara. Llevaba un uniforme verde de conductor.

"¿Billetes?", preguntó amablemente el conductor. "Sí, 6 entradas por favor" respondió Lizzy.

Todos pagaron su billete de 7,5 $ y luego tomaron asiento en la parte central del autobús. Robin estaba junto a Rooney, John junto a Lizzy y, por último, Barbara junto a Janine. El autobús circulaba a gran velocidad y los chicos miraban por la ventanilla el mar y las playas de Los Ángeles. En poco tiempo, el autobús les llevó a la entrada del aeropuerto, con el cartel de LAX colocado en la puerta de entrada. Se apearon frente a la entrada principal, cogieron su equipaje y se dirigieron a la estación para tomar el vuelo directo a Kansas City 355. Lizzy se hizo cargo del grupo y los chicos la siguieron.

"¡Nuestro vuelo está en la puerta 25!" gritó Lizzy, tras leer el número en un monitor.

Empezaron a correr tan rápido como podían con todo aquel equipaje entre la multitud de gente que llenaba todo el aeropuerto. Era fácil perderse, había pasillos similares. Además, había numerosos bares y tiendas para comprar recuerdos. Al llegar a la puerta de embarque, vieron a las azafatas con uniforme rojo llamando a los pasajeros del vuelo 355.

"¡Billetes y documentos en mano, por favor!", dijeron las azafatas.

Lizzy les dio el billete a cada uno y los chicos se pusieron en fila uno detrás de otro y pasaron la facturación sin problemas. Las azafatas recogieron su equipaje y lo colocaron en la bodega del avión. Los chicos entraron en la pista de aterrizaje, donde estaban los aviones. Eran enormes y blancos. Subieron a un pequeño autobús morado que les llevó cerca de su avión. Era más pequeño que los demás y llevaba menos pasajeros. Era todo gris y los chicos se sorprendieron al verlo. Por un momento pensaron en lo peor.

"¿Nos llevará a nuestro destino?" bromeó Robin. "¡Basta!" Lizzy se quejó.

"Subamos a bordo" dijo John. "Mi madre nunca lo pisaría" pensó.

Los chicos subieron por una escalera metálica que les permitió alcanzar la puerta del avión a una altura de cinco metros del suelo. El capitán del vuelo, un hombre joven, les saludó junto con las azafatas que primero habían cogido su equipaje y lo habían llevado a la bodega. El avión tenía treinta asientos dispuestos en dos filas con tres plazas por fila. Los asientos eran de terciopelo y de color rojo. Los tres chicos se sentaron cerca de las tres chicas en la misma fila derecha de asientos. John estaba cerca de la ventana, luego estaba Rooney en el centro y finalmente Robin. Detrás de ellos estaban Janine, Barbara y Lizzy de manera similar.

"Abróchense los cinturones, vamos a despegar", dijo el piloto por megafonía. "¡Chicos, tengo miedo!", dijo Rooney.

"¡Vamos, nos divertiremos!", dijo Robin.

El avión despegó sin problemas. Cada uno de ellos decidió pasar el tiempo de una manera diferente, Barbara se puso a hojear una revista de moda y no dejaba de intentar involucrar a Janine, pero ésta sólo se dejaba llevar por el viento, así que la chica se dedicó a mirar las nubes y la vista desde la ventanilla. Rooney comía todo tipo de comida basura, Lizzy trabajaba en el ordenador, Robin escuchaba música con unos auriculares tan grandes que parecía que llevara un casco puesto y, por último, John leía un libro recién comprado llamado "El renacimiento del mal".

"Está llena de misterios esta novela" susurró John. "¿Quiere comer algo?", le interrumpe un empleado. "No, gracias", respondió John.

Robin se quitó los auriculares y miró a John leyendo. "¿Has decidido hablar con ella?", preguntó Robin. "¿Quién?", dijo John.

"No te hagas el tonto, hermano. Con Janine" susurró Robin.

John se sintió incómodo y no se atrevió a darse la vuelta. "Estás loco, está justo detrás de mí".

"Tranquilo, no te ha oído", dijo Robin, mirando hacia atrás, hacia Janine. "Es tu oportunidad, hermano. Lo intentaré con Barbara. Siempre he tenido debilidad por ella".

Después de esas palabras, Robin volvió a escuchar música, John volvió a leer.

El viaje fue tranquilo, sin turbulencias ni interrupciones. Cuando faltaban diez minutos para el aterrizaje, el piloto dijo que mantuviéramos la calma. Desde la ventanilla se veían las pistas de aterrizaje del aeropuerto en forma de tres círculos concéntricos. El avión aterrizó suavemente en la plataforma número 7. Los chicos bajaron del avión uno a uno y entraron en un autobús negro, grande y espacioso. Al cabo de ocho minutos, llegaron a la entrada del aeropuerto de Kansas City.

"Tenemos que coger las maletas" dijo Janine. "¡Tienes razón!" dijo John.

"¡Por aquí!" Lizzy, que siempre sabía dónde ir, dijo.

Era un aeropuerto bonito, grande y lleno de bares y

cafeterías. Los chicos se tomaron un café en Starbucks para recuperarse del viaje. John cogió uno con sabor a avellana y le gustó mucho. Fueron a una sala espaciosa y cogieron su equipaje de la cinta transportadora, luego se sentaron en unas sillas grises de metal no muy lejos de la salida del aeropuerto.

"¡Son las 2 de la tarde!" dijo Barbara.

"¿Cómo es posible? ¿No se suponía que teníamos que llegar a las 12?". preguntó Rooney. "Error mío, lo siento. Hay una zona horaria diferente, estamos dos horas por delante de

California" Lizzy explicó.

"¡Vamos a comer a algún sitio de la ciudad!" propuso Robin. "¡Primero tenemos que ir al hotel!" dijo John.

"Por cierto, ¿en qué habitación estás?" Lizzy preguntó. "206", respondió Robin.

"¿Y nosotros?" preguntó Barbara. "26", respondió Lizzy.

"Eso es extraño, ¿no se suponía que éramos cercanos?" John preguntó.

"¡Tienes razón! En la página web pone que hay habitaciones del número 1 al 50". dijo Lizzy, mostrando el teléfono a los niños.

"¿Estás seguro de que hiciste la reserva, verdad?" preguntó Rooney, dirigiendo a Robin una mirada suspicaz.

"¡Sí! ¡Mirad!", dijo el chico y mostró la reserva en su smartphone a los amigos. Lizzy tenía una expresión de asombro, los demás no entendían lo que había pasado. "¡Eres un incapaz! Sabía que tenía que haberlo hecho yo!" Lizzy le gritó a Robin. "¿Qué ha pasado?" preguntó Rooney, separando a los dos.

"¡Reservó un hotel homónimo, no es el mismo hotel! Es otro Kansas City Universal". Lizzy respondió.

"¿Dónde está?" preguntó Janine preocupada. "Voy a mirar en Internet", dijo John.

Abrió Maps y tecleó la dirección del hotel. Cuando Lizzy vio la ubicación del hotel que Robin había reservado, se quedó de piedra.

"¡No me lo puedo creer! ¡Has reservado un hotel a la izquierda del río Kansas! Entonces, ¡el hotel está en el estado de Kansas! Nuestro hotel, en cambio, está en Missouri!" dijo Lizzy.

"¡No entiendo nada!" dijo Barbara mientras se rascaba la cabeza.

"Tal vez están cerca. ¿A qué distancia están el uno del otro?" preguntó Janine. "Desgraciadamente, no, las separan 20 kilómetros. Kansas City es una ciudad del estado de

Misuri, pero también hay otra ciudad del mismo nombre que pertenece al estado de Kansas. De hecho, las dos ciudades forman una única área metropolitana. Además, hay un puente que cruza el río Kansas y separa las dos ciudades que tienen el mismo nombre". dijo John.

"¡Chicos, no es culpa mía! Cualquiera podría haber cometido un error!" Dijo Robin.

"¿Pero cómo puedes decir eso? Ahora las vacaciones están arruinadas!" Dijo Lizzy, enloquecida.

"¡Cálmate!" John gritó.

"Vamos, cálmate. Busquemos un sitio donde podamos estar todos juntos" propuso Janine. "¿Es eso posible?" preguntó Rooney.

"Sí. Afortunadamente, la reserva se puede cancelar sin perder dinero. ¡Y menos mal que no me he gastado mi propio dinero! Resolveré el asunto en 5 minutos. Dame tu teléfono, Robin" dijo Lizzy resignada.

"¡Pero yo quería bañarme en la piscina!" se quejó Barbara.

"Has usado una web falsa, dice el falso. Tu hotel no es ni la mitad del nuestro. Ni siquiera tiene el mismo número de estrellas. Además, habríais tenido que pagar el doble que nosotros", dijo Lizzy.

"Vamos, ¿qué importa? Busquemos otro, con estar juntos es suficiente" dijo John, calmando a todos.

De repente, un hombrecillo se les acercó sigilosamente.

"Disculpadme, jóvenes, he oído vuestra discusión y me entristece. Me llamo Edgar Mitchell y soy propietario de una casa que con mucho gusto os alquilaré a un precio rebajado", dijo el hombre presentándose. Se quitó el sombrero e hizo una reverencia.

Los chicos se miraron con gran asombro. Era un hombre mayor, bajo, con el pelo canoso cortado al rape, nariz de loro con una gran verruga negra, ojos negros apagados, algunos dientes perdidos y barba rala. Llevaba un chaleco azul claro sobre un jersey negro raído, pantalones marrones y zapatos negros desgastados. En la cabeza llevaba una boina marrón claro bien peinada.

"¿Cuánto quieres, viejo?" preguntó Robin sin pensar. "¡Espera, Robin!" John gritó.

"400 dólares a la semana", respondió el anciano. "¡Estupendo! Ahorramos mucho", dijo Rooney.

"En realidad, sí, es menos de 1/3 de lo que habríamos tenido que pagar", añadió Lizzy. "¿Hay piscina?", preguntó Barbara.

"Lo siento, querida, hay de todo menos piscina", respondió el hombre. Barbara se resignó. "¿Dónde se encuentra la casa?", preguntó John.

"No está lejos de aquí. Está en plena naturaleza, ¡te gustará!", respondió el anciano. "Vamos a pensarlo", dijo Robin.

Los chicos se alejaron unos minutos y empezaron a hablar entre ellos.

"Ahora mismo no tenemos muchas alternativas, incluso si quisiéramos reservar una habitación pagaríamos el triple en cualquier hotel", señaló Lizzy.

"¡No me gusta este viejo!" Robin replicó.

"Yo tampoco, pero si es la única alternativa para quedarnos todos juntos, me apunto", dijo John.

"De acuerdo", añade Janine.

Los demás también estuvieron de acuerdo. Se dirigieron al dueño de la casa y el anciano les sonrió.

"¡Aceptamos!", dijo Robin con confianza.

"¡Vaya, vaya! Síganme!", exclamó el anciano con una palmada.

Los chicos salieron del aeropuerto y vieron al hombre subir

a una pequeña camioneta verde utilizada para el transporte de heno. Solo había dos asientos delanteros, uno para el conductor y otro para el pasajero.

"¡Sube atrás!", ordenó el hombre, asomándose por la ventanilla. "¿Está loco?", se quejó Lizzy.

"Maldita sea... entremos, no tenemos elección" convenció Robin.

Los chicos subieron a bordo uno a uno y se sentaron sobre el heno dorado. Era blando. El viejo arrancó el camión y éste se puso en marcha hacia su desconocido destino.

03

La Casa

El camión iba a gran velocidad, los chicos apenas podían sentarse y sujetar el equipaje que se balanceaba de un lado a otro. Cruzaron un puente ensombrecido por estructuras metálicas que se entrelazaban y formaban una X. En cuanto salieron de la ciudad de Kansas City, el viejo tomó la I-35, la interestatal número 35, en dirección a Wichita. Era una carretera ancha de cuatro carriles por la que circulaban coches a gran velocidad. A los lados de la carretera había verdes praderas con rica vegetación. Ahora estaban en el estado de Kansas, habían dejado atrás Misuri y sus vacaciones en Kansas City.

"¿Hacia dónde nos dirigimos?", preguntó Rooney.

"Definitivamente no a Topeka, mi GPS muestra que nos estamos alejando de allí" respondió Lizzy.

"¡Van a ser unas vacaciones en la naturaleza!". se maravilló John, mirando a su alrededor. Había prados, lagos y ríos. El niño también vio marmotas bebiendo. Los árboles estaban en flor, había llegado la primavera.

"Me gusta. Podemos ir de excursión, visitar granjas de vacas o cerdos, observar las estrellas y comer malvaviscos alrededor de una hoguera", dice Janine.

"¿Qué hora es?", preguntó Robin, que estaba cansado.

"Casi 3", respondió Barbara, que apenas podía sostenerse sobre un fardo de heno. "¡Vamos a comer algo!", dijo Rooney y sacó bolsas de patatas fritas de su bolsa.

"¡Qué bueno! Sabe a pizza!", dijo Lizzy. Cogió las patatas al vuelo e hizo un solo bocado. "¡También los hay con curry y pimienta verde!". observó Robin con asombro.

El camión pasó bajo un pequeño túnel excavado en una montaña de roca gris y abandonó la carretera principal. Cuanto más conducía por la carretera, más se adentraba en el verde y el camino se volvía sin asfalto. En una bifurcación en la que giró a la derecha, el camino se volvió rocoso y lleno de piedras. A lo lejos, se veían nuevos ríos y lagos más grandes que los anteriores. Tras unos cinco kilómetros, llegó a un camino de tierra rodeado de pinos, secuoyas y robles altos.

"Parece que vamos cada vez más alto", observó Robin perplejo. "Tienes razón, es extraño", respondió Barbara.

El camión empezó a subir por una empinada carretera que conducía a una montaña. Con poco esfuerzo, consiguió recorrerla entera y luego se detuvo un momento. El anciano aceleró con fuerza y el camión continuó su ascenso por el camino de tierra que rodeaba la montaña rica en vegetación. El Sol parecía perderse entre los arbustos.

"Tengo la sensación de que nunca olvidaremos estas vacaciones", dijo John.

El camión siguió subiendo, no había nadie en la carretera. Estaba todo desierto, ningún hombre ni animal a la vista. Llegaron casi a la cima de la montaña y vieron la entrada de un pequeño pueblo con un destartalado cartel gris en el que estaba escrito Marcoons.

¿"Marcoons"? ¿Dónde hemos ido a parar?", dijo Robin con gran perplejidad.

Era un pequeño pueblo con unas treinta casitas de ladrillo, algunas más nuevas y otras más viejas con tejados peligrosos. Las casas estaban todas muy juntas, parecían fundidas. Los chicos pasaron junto a una iglesia blanca, era vieja pero bonita. Un gran rosetón circular dejaba entrar la luz en el edificio. El camión cruzó el pequeño pueblo sin ser molestado y siguió subiendo. Los ojos de los transeúntes los observaban con mirada fija e inquisitiva.

"¿Qué quieren estos tipos?", preguntó Robin.

"Tienen ropa de granjeros de hace cien años. Me siento como en el Lejano Oeste", se ríe John.

"¡Necesito un baño relajante, este viaje me ha cansado mucho!", se quejó Barbara. "Creo que yo también lo haré más tarde", dijo Robin burlonamente.

Atravesaron una verja negra de tres metros de altura y, finalmente, el anciano detuvo el camión. Se encontraron en el jardín de una casa gigante. En el exterior había un pequeño granero rojo a la derecha donde además del heno había gallinas incubando huevos. El jardín estaba bien cuidado, era verde y estaba lleno de flores. Había margaritas, rosas, prímulas y geranios de varios colores.

"¡Este jardín es precioso!", dijo Janine al bajar del camión junto con los demás. "Sí, tienes razón. Esas flores blancas son adorables" observó Barbara.

"¿Blanco?", dijo John.

La casa tenía un estilo victoriano y era enorme. Tenía una serie de ventanas rectangulares en la planta baja, en el primer piso había pequeños balcones de mármol blanco que destacaban de toda la estructura gris. Las tejas negras del tejado formaban un dibujo particular, las ventanas del último piso tenían pequeños tejados a dos aguas. Había una chimenea humeante muy alta, que alcanzaba los ocho metros de altura, mientras que el tejado llegaba a los seis metros. En una cornisa se podía ver la estatua de un pequeño mono colocada cerca de una ventana, en el lado izquierdo de la casa se podía ver una pequeña torre, parte de la estructura, con tres ventanas que terminaban en la parte superior con una forma cónica y en la punta se podía ver la estatua de un pequeño elefante de aspecto brillante. En la parte trasera se podía ver la presencia de una veranda sostenida por columnas de estilo jónico. La entrada estaba precedida por tres escalones, tenía una puerta negra con forma arqueada. En la puerta estaba grabado un extraño símbolo parecido a una A que podía verse desde lejos.

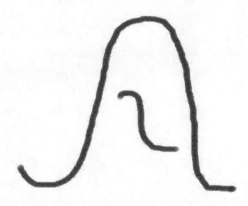

"Esta casa es muy extraña" dijo Lizzy.

"¡Lo veo bien cuidado, es enorme!" Barbara contraatacó.

"¡Quiero la habitación del último piso!" Janine exigió, dulcemente.

"Por favor, sígame por aquí", interrumpió el dueño, que

acababa de bajarse del camión.

Los niños le siguieron hasta la entrada, el hombre sacó de su bolsillo una llave de plata con cabeza redonda, un largo vástago y una serie de ranuras y grabados. Abrió la puerta. Con un crujido, la casa dio la bienvenida a los nuevos huéspedes. Una vez dentro, el propietario les saludó desde fuera.

"¿No entras?" Preguntó Barbara.

"No, no, tengo que hacerlo. Disfruta de tu estancia, siéntete como en casa", dijo con tono asustado.

"¿Quiere el dinero ahora?" preguntó Robin.

"No se preocupe, le veré mañana", dijo el hombre, después subió al camión y se marchó. "Qué tipo más raro, nunca había visto a un casero que no aceptara el alquiler y no cruzara la puerta de su propia casa", dijo Rooney, asombrado.

"¡Debió asustarse de las calaveras de la entrada!", dijo Lizzy.

"¿En serio? ¿Dónde están? No me había dado cuenta", exclamó John. "Había tres cráneos, uno al lado del otro", explicó Janine.

"Deben ser falsos, olvidémonos de ellos. Ahora empecemos a instalarnos en este lugar. Es una casa bonita pero demasiado vieja para mi gusto. Incluso tiene moho y está llena de telarañas en las esquinas del techo" dijo Robin.

"¡Y qué esperabas, el dueño apenas pone un pie en esta casa! Nunca limpia", señaló Rooney.

En cuanto cruzaron el umbral, entraron en una habitación

amplia y rectangular con paredes de color carne rosada. Bajo sus pies había una alfombra marrón con extraños remolinos dibujados en ella, en el techo había una antigua araña de cristal que les hechizó con su encanto. Barbara pulsó el interruptor y la encendió. La luz iluminó la habitación, los chicos dejaron su equipaje en la entrada y empezaron a caminar directamente hacia una puerta verde, la única que podían abrir. Robin la abrió y entraron en una nueva habitación. A la izquierda había un perchero, los chicos se quitaron las chaquetas, los gorros y los guantes.

"Por fin se está bien aquí", se complace John.

"Debe de ser el calor de la chimenea, es igual que la de mi casa", dijo Barbara.

Habían entrado en un gran salón con paredes marrones y cuadros colgados en las paredes. Representaban escenas de caza, pájaros, patos, zorros y ciervos. En el centro había una mesa rectangular de madera con diez sillas bien acabadas y cuidadas. También aquí había una hermosa araña de cristal en el techo. A la izquierda había sofás de color avellana donde los niños se sentaban a descansar. La chimenea estaba en la esquina superior izquierda de la habitación, la leña ardía y calentaba toda la casa. A la derecha había tres ventanas que permitían ver el jardín exterior.

"¡No, no puedo creerlo!" dijo Lizzy. "¿Qué?", preguntó Rooney.

"¡No hay señal!", respondió Lizzy. Todos los niños sacaron sus teléfonos y vieron que no había señal.

"No hay línea, no hay internet. ¿Habrá televisión?", preguntó Robin. "No lo creo", respondió Barbara.

"Hay un teléfono en esa pared", se dio cuenta John.

Era un típico teléfono de disco negro de finales del siglo XIX con números blancos y un auricular negro apoyado sobre él.

"¡Pídeme una pizza entonces!" dijo Robin sarcásticamente.

"Qué hambre. Vayamos al pueblo a comprar algo, seguro que aquí la carne está buenísima" sugirió Rooney.

"De acuerdo. ¿A qué hora será?" dijo Lizzy.

"6 de la tarde, tenemos que darnos prisa antes de la puesta de sol" Robin aconsejó. Los chicos se pusieron los abrigos y salieron por la puerta principal.

"¿Dónde está la llave?" preguntó Barbara. "El dueño no nos lo dio", respondió Janine.

"Sólo ciérrala, quién va a venir a este extraño lugar. No tiene sentido cerrar esta extraña puerta" sugirió Robin.

Mientras tanto, John se había fijado en las calaveras colocadas en el suelo, cerca de las rejillas de ventilación del sótano. Eran tres, de diferentes tamaños, y seguían un tamaño decreciente de derecha a izquierda. El granero con las gallinas se había cerrado, John se alejó de la vivienda con sus amigos y vio que la estatua del mono del tejado había desaparecido.

"Qué raro, a lo mejor me lo he imaginado", se dijo.

Los chicos atravesaron la verja negra que aislaba la vivienda del resto del pueblo. El camino era montañoso y empinado, y a su alrededor había muchos arbustos sin hojas. Hacía frío, estaban a 200 metros de altura en comparación con el pueblo de Marcoons.

"¡Ooh!" Rooney estaba a punto de resbalar en una roca.

"¡Ten cuidado hermano! Entonces rueda hasta el pueblo y haz una huelga!" Dijo Robin, y todos los demás se rieron.

Iban bien encapuchados, con guantes y bufandas. Ninguno de ellos esperaba que hiciera tanto frío y estuvieran tan aislados del mundo.

"Chicos, decid lo que queráis, mañana me voy a casa. Llamad a ese granjero y llevadme a Kansas City". Dijo Barbara mientras caminaba a ciegas.

"Vamos, acabamos de llegar. Te haré compañía". dijo Robin, cogiéndole la mano y la chica se sonrojó.

Janine encabezaba el grupo, seguida de Lizzy, luego Barbara y Robin, detrás John y por último Rooney, que no se acostumbraba al camino empinado y difícil de recorrer.

04

Marcoons

Ellos legamos al pueblo de montaña que estaba a cuatrocientos metros de altura. Las casas parecían antiguas y no pertenecían a nuestra época. Eran de ladrillo y estaban una al lado de la otra. El color marrón y gris de aquellas casas era inquietante. Eran de dos plantas, con ventanas rectangulares de cristal y una sola entrada. Parecía que se les caían encima, la pendiente de la montaña había obligado a los ciudadanos a adaptarse a ella. John fue el primero en pisar las piedras blancas del suelo de la ciudad. Eran todas iguales y estaban dispuestas de forma ordenada y precisa. Dentro de una hora llegaría el atardecer y los chicos debían darse prisa si querían aprovisionarse. La calle principal por la que caminaban discurría entre dos hileras de casas, era estrecha y destartalada. Llegaron a una plaza con una fuente en forma de delfín en el centro. De esta plaza partían numerosas callejuelas; los chicos habían llegado al corazón de la ciudad. A la derecha había una iglesia de piedra blanca con una cruz negra en lo alto. El campanario tenía siete metros de altura y sobre las campanas había pequeñas estatuas de ángeles cantores. A la izquierda y frente a ellos había un pórtico bajo el cual había tiendas, bodegas y tabernas. Unas veinte personas animaban aquel lugar y, en cuanto vieron a los chicos, se quedaron estupefactos.

"¡Por favor, por aquí! Vengan a beber buen vino!", dijo un anfitrión corpulento con un sombrero de vaquero marrón en la cabeza. Tenía gruesos bigotes negros, ojos marrones y un búfalo tallado en su chaleco de cuero. Llevaba un pantalón largo negro y botas marrones.

"¡Vengan a comprar mi carne de primera!", dijo el carnicero

con un delantal blanco. Unos niños jugaban al pilla-pilla con cuerdas y casi atrapan a Rooney.

"¿Será una fiesta de carnaval? ¿Tendrán trajes de vaquero?", preguntó Rooney. "¡Me gusta!", exclamó Barbara.

"No lo creo. Tienen ropas viejas, mira a esas mujeres de ahí. Sus túnicas son largas y terminan en una falda ondulada. Los hombres llevan sombreros en la cabeza, chalecos de cuero y pantalones que parecen todos iguales" explicó John.

"Ese viejo junto al poste tiene un parche negro en el ojo y una pistola en la cintura", advirtió Robin.

"Las señoras mayores llevan un atuendo más sobrio y llevan una cinta en la cabeza", observa Lizzy.

"Puede que sea verdad lo que dices, pero a mí me huelen las judías. Comamos algo", dijo Rooney, y los demás asintieron.

Los chicos entraron en la taberna llamada "El Búfalo Negro". Las puertas eran las típicas de una taberna. Dentro había mesas redondas con unas cuantas sillas de madera alrededor, en las paredes había búfalos, ciervos, jabalíes y otros animales de caza disecados. Detrás de la barra, un anciano con chaleco negro limpiaba unos vasos de hojalata.

"¡No pensé que encontraría el Old West Pub en este extraño lugar!". se jactó Rooney.

"¡De nada!", dijo una guapa chica rubia de ojos verdes. Medía un metro setenta y llevaba un vestido azul de estilo victoriano que le llegaba hasta los pies. Llevaba dos trenzas que le llegaban a la barriga. Era alegre y sonreía a menudo, llevaba zapatos negros.

"¿Qué te gustaría comer?", preguntó la chica.

"Para mí, una hamburguesa doble con queso, bacon y salsa barbacoa", respondió rápidamente Rooney.

"No lo entiendo, ¿qué sería eso?", preguntó la chica con cara de sorpresa.

"Ah ah, querida, deja que me encargue yo. Mi hija a veces no entiende a los extranjeros. Bienvenidos al Búfalo Negro, pueden comer lonchas de carne de búfalo de alta calidad con deliciosas patatas y judías. Cerveza y vino a voluntad para los amigos de la Mansión Calavera" dijo el anfitrión.

"¿Cómo lo sabe?" preguntó Janine.

"El pueblo es pequeño, somos unas cincuenta personas. El viejo Edgar acostumbra a invitar a la gente a su casa. La cena que estamos sirviendo ahora la ha ofrecido él", respondió el anfitrión.

"¿Ese viejo loco?" Robin estaba asombrado.

"¿Podemos comer todo lo que queramos?" preguntó Rooney.

"¡Por supuesto, es todo para ti!", respondió la chica, sirviendo con gracia y amabilidad los platos en la mesa.

Era una carne tierna y jugosa, que comían con gran entusiasmo junto con patatas asadas y judías marrones. Los utensilios que utilizaron eran de madera y las jarras de cerveza, de hojalata. Los chicos comieron con alegría, mientras que la hija del anfitrión, en ese momento, se sintió triste y se fue llorando.

"¡Tengo que hacer algo, esta vez lo haré!", se prometió a sí misma, dentro de la cocina. "¡Judith no te atrevas a desobedecer a tu padre!", dijo un hombre de pelo blanco, nariz larga

y vestido de monje negro.

"Nicolás, ¿pero cómo vamos a quedarnos de brazos cruzados?". preguntó Judith.

"¡No te corresponde a ti decidirlo! Estamos en manos de Dios", la regañó el sacerdote.

Mientras tanto, los chicos habían terminado de comer y había oscurecido. Algunos hombres que estaban fuera de la taberna encendían lámparas que en su interior tenían lámparas de aceite. Dentro del establecimiento, había velas encendidas.

"Este lugar parece el escenario de una película", dijo Rooney. "¡Te dije que quería irme!" Barbara gritó.

"Cálmate, estamos de vacaciones. Relajaos. Piensa en lo que está pasando en China y otros países a causa del virus. También hay muchos casos en Estados Unidos. Es una tragedia, siempre recordaremos 2020", dijo Lizzy.

"Thrum" se oyó el sonido de un trueno.

El viejo propietario entró por la puerta y los miró con ojos inquisitivos. "¡Aquí es donde estabais! ¿Os ha gustado la cena?", preguntó a los niños. "¡Es una carne deliciosa!", respondió Rooney.

"¡Es hora de volver a casa! Se acerca una tormenta, ¡venid conmigo!", les exhortó el dueño.

Los chicos se miraron y por su mirada resignada se comprendió que estaban obligados a volver a aquella casa.

"Gracias por la cena. Salude a su hija de mi parte", dijo John al anfitrión. "¡Así se hará! Buena estancia", respondió el anfitrión.

Los chicos se fueron todos juntos y Judith los vio marcharse y sintió pena.

"¡Rezaré por ti!" Dijo Judith con las manos cruzadas. "¡Serás capaz de derrotar a la Casa de la Muerte!"

John y los demás siguieron al anciano hasta una estrecha callejuela bajo la mirada inquisitiva de los habitantes del pueblo. Parecían querer decir algo, pero no podían hablar. John lo había entendido, a veces una mirada dice más que mil palabras. Había algo extraño en aquel pueblecito, todo estaba bien hecho y organizado. Todo limpio, sin nada fuera de lugar.

"Hay caballos", dijo Janine.

"Por supuesto, nobles corceles", respondió el dueño.

Entre las casas apareció un establo con caballos negros, que parecían inquietos por su presencia. Tras pasar junto a ellos, llegaron a la camioneta del viejo propietario. Todos subieron a bordo y desandaron el camino de tierra a través del verde.

"¡Mira qué mono!", dijo Rooney, al ver un chimpancé entre los árboles. "¡Quizás! Me habría encantado visitar el zoo de Kansas City". se quejó John.

"Soñarás con ello, hermano. Todos necesitamos dormir bien, estoy agotado" bostezó Robin.

"¡Sigue mi camino hijo! ¡Habrá paz cuando termines! Deja descansar tu cansada cabeza. No llores más", cantaba Rooney.

Volvieron a su vivienda, bajaron del camión y vieron muchas velas encendidas en el jardín.

Llegaron a la puerta principal y el propietario abrió la puerta con la llave de plata. "¿Podría darnos una copia de la llave de la casa?" preguntó John.

"Oh, no te preocupes, esta noche estarás a salvo", dijo el anciano con voz ronca. "No te preocupes, vamos dentro" dijo Robin.

Todos entraron y cerraron la puerta. El dueño desapareció en la nada en poco tiempo. Nada más entrar, encendieron el interruptor y la brillante lámpara de araña iluminó el comedor. Se sentaron a la mesa y se quitaron las chaquetas. Fuera soplaba un viento muy fuerte que no daba señales de detenerse.

"Siempre hace calor en esta casa. Tengo que ponerme el pijama", dijo Barbara. "¿Pero dónde están nuestras maletas?" preguntó Lizzy.

"No los veo por ninguna parte", respondió Rooney. "¿Se los ha llevado ese viejo?" Robin se enfadó.

"No lo creo", dijo John, mirando por las ventanas con las cortinas negras.

"Perdona, ¿pero no habíamos dejado las maletas en una habitación rosa?", preguntó Janine. Los seis miraron a su alrededor y notaron algo extraño.

"Recuerdo que cuando entramos, la primera habitación tenía las paredes rosas", dijo Robin. "¡Es verdad! Se ha ido!" Lizzy se dio cuenta.

"Las ventanas estaban en la pared izquierda, ahora están delante de la puerta principal", dijo John.

"¿Es una broma? ¿Estamos en la tele?" preguntó Barbara con una risa asustada. "Vamos por allí", dijo John, señalando una puerta en la pared de la derecha.

Los chicos la atravesaron y se encontraron frente a una escalera de madera. A la derecha había un largo pasillo con una serie de puertas, a la izquierda una extraña puerta verde separaba la casa del exterior.

"Ábrelo", dijo Robin.

John la abrió y se encontró en el porche. Era grande y espacioso, había sillas viejas y el suelo era de madera. El jardín parecía tranquilo. John se asomó a la barandilla y se fijó en las tres calaveras que había a un metro de la puerta. Delante de él estaba el granero con las gallinas y entonces se fijó en algo aún más extraño. Las flores blancas parecían tener luz propia y en un punto delante de la calavera más pequeña había un espacio vacío desprovisto de flores blancas. Cerró la puerta y se dio cuenta de que sus amigos ya no estaban allí.

"¿Dónde estás?", preguntó John con miedo. "¡Estamos arriba! Subid!", respondió Robin.

John empezó a subir con agitación una escalera de piedra formada por tres rampas que parecían interminables. Se encontraba dentro de la torre de la casa. En la segunda rampa se detuvo y llegó a una puerta amarilla. La abrió. Al mismo tiempo, la puerta principal y la que daba al porche desaparecieron en la nada.

05

Vamos a jugar

John se enfrentaba a un largo pasillo con ocho puertas de color crema. Las paredes eran blancas y frente a él había una puerta azul con la palabra "Baño" escrita.

"¡Esta casa es fantástica!", exclamó Rooney nada más salir de la primera habitación a la derecha. Comía vorazmente una bolsa de patatas fritas con sabor a queso.

"Pero, ¿dónde los encontraste?", preguntó John.

"No lo sé, mi habitación está llena de comida. Pasa", dijo Rooney.

La habitación tenía paredes rojas, una cama pequeña con sábanas azules y una mesa llena de patatas fritas, aperitivos, refrescos de cola y gaseosas. La habían preparado para alguien como si le esperaran.

"¡También hay un televisor con mi programa favorito, Sobrenatural!", dijo Rooney. El chico se tumbó en la cama y empezó a ver la pantalla de treinta pulgadas de la pared mientras comía palomitas y bebía zumo de naranja a discreción.

John se quedó perplejo, salió y abrió la primera puerta de la izquierda. Se dio cuenta de que estaba vacía, solo había una mecedora negra y unas bolsas con objetos desconocidos.

Así que llamó a la segunda puerta de la izquierda. "Pasa, hermano", dijo Robin.

"¿Qué haces?", preguntó John.

"¡Estoy jugando a este nuevo videojuego de coches!", respondió Robin.

"Pero, ¿de dónde viene este televisor con esta consola de última generación?", preguntó John.

"¡No! ¡Estaba a punto de ganar!", dijo Robin.

John se dio cuenta de que su amigo había quedado encantado con el videojuego. Era su pasión, una vez había ganado un torneo estatal y se había llevado a casa diez mil dólares. La habitación tenía las paredes azules, una cama con mantas verdes, una mininevera llena de cervezas frías y una mesilla de noche con una lámpara esférica verde.

"¿Dónde están las chicas?", preguntó John.

"Delante de mí está Barbara, no tengo ni idea de dónde están los demás" respondió Robin, pegado a la pantalla del televisor. Ni siquiera apartó la vista un momento.

John salió y llamó a la segunda puerta de la derecha. Al cabo de cinco minutos, Barbara vino a abrir. Tenía todo el pelo por delante de los ojos y rulos en el pelo.

"¿Quién es usted?", preguntó Barbara. "Soy John", respondió.

"Oh, lo siento John, con este pelo no puedo ver. Me estoy arreglando. Esta habitación es un sueño. Está llena de perfumes y maquillaje, las paredes son rosas. La cama es cómoda y llena de cojines como a mí me gusta. Estaré lista en veinte minutos" dijo Barbara, y luego le cerró la puerta en las narices.

"¡Este está loco!", se quejó John.

El chico caminó por el suelo verde del pasillo y llamó a la tercera puerta de la izquierda. "¿Quién es?", preguntó Janine con voz tímida.

"Soy John", respondió.

"Eehm... ahora no puedo abrir. Lo siento, John, de verdad", dijo Janine, llevando solo lencería y sujetador.

John se sintió avergonzado, pero recuperó la compostura cuando oyó unos extraños gritos que venían de detrás de él. Llamó a la tercera puerta de la derecha y Lizzy abrió la puerta acompañada de un ruido infernal.

"¡Baja el volumen, Lizzy!" John gritó.

"¡El volumen no baja! ¡Es puro rock! Entra y canta conmigo!", respondió Lizzy.

La habitación era de color morado y tenía un ordenador con tres pantallas, un equipo de alta fidelidad y una lámpara de araña hecha con cables eléctricos que colgaba del techo. La cama era redonda y de color verde.

"Es demasiado ruidoso para mí. Mejor nos vamos", dijo John. "¡Oh, Rock you baby! Rock on now!" cantaba la chica.

John se quedó atónito, estas habitaciones eran extrañas y sus amigos parecían hechizados. Abrió la cuarta puerta de la izquierda y se asombró al ver todas sus cosas. Su ordenador portátil negro estaba colocado en un escritorio esquinero frente a él, a la derecha había una cama con mantas grises, las paredes eran de color crema y había una estantería de estilo antiguo con todos sus libros.

"¿Quién puso todas estas cosas aquí? ¿El dueño? Esto es extraño, ese viejo esconde un secreto. Es como si nos estuviera espiando y lo supiera todo sobre nosotros" habló para sí.

Miró más detenidamente y vio su equipaje con la ropa dentro, cerró la puerta y se cambió. Llevaba un mono azul con una camisa gris debajo. La habitación era cálida, desde su habitación a través de dos ventanas podía ver el jardín. Estaba oscuro, vio en su móvil que era casi medianoche. Toda esta historia le había alterado. Mientras tanto, la lámpara de araña del techo se balanceaba como un péndulo.

"Toc, toc".

"¿Quién es?" preguntó John. "Soy yo", respondió Janine.

John abrió la puerta, la chica se había peinado. Ahora lo tenía largo y liso, llevaba un jersey rosa y un vaquero azul.

"¿Te molesto?" preguntó Janine. "No, pasa", respondió John.

"Sabes, tengo miedo de estar sola. Esta casa es extraña, las habitaciones son bonitas y tienen todo lo que quiero, pero aquel pueblecito de Marcoons me daba miedo. Los habitantes eran raros, llevaban ropas extrañas y nos miraban con ojos extraños", dice Janine.

"Es lo mismo que yo pensaba, alguien nos está espiando. Tenemos que irnos mañana por la mañana, este lugar esconde algo" dijo John.

"¡No me asustes! En vez de eso, ¡trata de atraparme!" La chica le dio un pequeño empujón y salió corriendo por la puerta. Corrió de un lado a otro a lo largo de aquel inmenso pasillo.

"Qué raro, recuerdo que este pasillo era más estrecho ahora" pensó John. "¡Vamos, atrápame!", dijo Janine, que parecía estar a trescientos metros de él.

Entretanto, mientras ambos se perseguían, Robin se coló sigilosamente en la habitación de Barbara, Rooney se dirigió hacia la puerta amarilla que daba al piso inferior y Lizzy fue al cuarto de baño.

John corría todo lo rápido que podía, pero Janine consiguió superarle. Parecían dos participantes en una maratón interminable. Sólo el chico se había dado cuenta de que el espacio de la casa había cambiado, las habitaciones estaban más alejadas unas de otras. No pudo agarrar la mano de Janine. Cuando llegó a la puerta de salida, se detuvo un momento y perdió de vista a la chica. John echó a correr, pasó por la primera puerta de la izquierda y vio por un momento la figura de una chica con el pelo negro recogido en dos trenzas, un vestido negro estilo '800 con pliegues, balanceándose en una mecedora. Fue sólo un instante, pero pareció eterno.

"¿Es Janine?", pensó.

No estaba seguro de lo que había visto, corría a gran velocidad y no podía ver con claridad aquella misteriosa figura. Pensó que era Janine y retrocedió. Sintió una mezcla de miedo y sorpresa, abrió más la puerta y entró. Para su gran sorpresa, se dio cuenta de que la habitación estaba vacía. Sólo había sobres azules con objetos extraños que no se atrevió a tocar. Las paredes de la habitación eran blancas, no había ventanas. Una vieja lámpara de araña descendía de lo alto, la bombilla estaba a punto de fundirse. Sus ojos se posaron en la mecedora negra que, a pesar de estar vacía, seguía meciéndose. John se acercó a la mecedora y la detuvo con las manos. Se sentó y empezó a mecerse.

"Me lo habré imaginado", pensó.

Mientras tanto, Lizzy estaba sola en el cuarto de baño. Era enorme, nada más entrar en aquel ambiente de paredes azules te encontrabas ante una bañera redonda gigante. Había una bañera de hidromasaje, a la izquierda había tres baños para hombres y a la derecha para mujeres. Todo estaba ordenado y perfumado. Frente a la entrada y detrás de la bañera había cuatro lavabos con grandes espejos brillantes.

"Qué buena manera de relajarse", dijo Lizzy.

La chica tenía los ojos cerrados y estaba sumergida en una espuma perfumada de lavanda, el agua caliente de la bañera acariciaba su piel. Sólo su cabeza estaba fuera de la bañera, la tranquilidad la había puesto de buen humor. Se lavó suavemente el cuerpo, luego se puso champú en la cabeza y empezó a masajearse el cuero cabelludo. Se lavó el pelo con la alcachofa de la ducha. Después de tanta piedra, había decidido relajarse.

"Tengo que decir que esta casa no está tan mal. Me equivoqué al hablar mal de ella". En ese momento, se oyó un ruido de arañazos en el cristal.

"¿Quién está ahí?" preguntó Lizzy con miedo. Miró a su alrededor y no vio a nadie. "Vamos a jugar. Vamos a jugar", decía insistentemente una voz infantil.

"Debe de haber sido la televisión de alguien", dijo en voz baja.

Lizzy se quitó la espuma con el chorro de agua que salía de la alcachofa de la ducha, volvió los ojos hacia el espejo y se miró con cara de satisfacción. En ese momento, su imagen desapareció, apareciendo en los cuatro espejos la imagen de una chica joven. Era la misma chica que había visto John, pero Lizzy no lo sabía. Tenía dos ojos negros que lloraban sangre, la nariz rota, los labios finos y un vestido arruinado que dejaba ver un cuerpo maltrecho y putrefacto.

"¡Ahh! ¡Ayuda!" Lizzy gritó y en ese momento la puerta del baño desapareció. La chica se asustó aún más. Con la alcachofa de la ducha, roció agua contra el cristal y la imagen de la chica desapareció.

"Es sólo un sueño. Tengo que salir de aquí. No es real", dijo Lizzy.

Una fuerza brutal la tiró hacia abajo por los pies. La muchacha gritó y jadeó, aferrándose al borde de mármol de la bañera. Se le rompieron las uñas y fue arrastrada al agua. Pataleó y agitó los brazos, pero la niña que la arrastraba hacia el fondo de la bañera la miró a la cara y Lizzy comprendió en ese instante que ya no tenía esperanzas. Sintió un apretón en el cuello, la manguera de la ducha se había enrollado alrededor de su cuello. Se quedó sin aliento y dejó de moverse. Murió en silencio y nadie se dio cuenta.

06

La cocina

Rooney llevaba un pijama compuesto por una camisa de media manga a rayas blancas y azules y un pantalón corto azul claro. Llevaba dos zapatillas negras desparejadas en los pies. Salió de la habitación, se rascó el trasero rugoso y luego abrió la puerta principal.

"¿Siempre ha sido así?", se preguntó.

La escalera que tenía delante, en vez de bajar, subía. El chico estaba hambriento, a pesar de haber comido toda aquella comida basura, quería algo más sustancioso. Comenzó a subir la escalera, hizo un primer tramo de treinta peldaños y debido al cansancio decidió sentarse a descansar.

"¿Dónde estás, maldita cocina?", dijo sin aliento.

Rooney se dio cuenta de que los cuadros de las paredes marrones estaban todos torcidos. No había ni uno recto, algunos colgaban hacia la derecha y otros hacia la izquierda. Incluso uno estaba al revés.

"¿El antiguo anfitrión?", dijo Rooney reconociendo al hombre. Salía en una foto con su familia. En las otras fotos había fotos de los lugareños, todas en blanco y negro.

En ese momento, de la nada, apareció un pequeño chimpancé que cogió el marco de fotos en blanco y negro y lo destrozó en mil pedazos con unos afilados dientes que le salieron de la boca. Rooney, presa de un gran miedo, empezó a correr escaleras arriba, el mono le perseguía con gritos aterradores. El animal era pequeño y astuto, era de color negro y tenía una gran fuerza. Rooney llegó a una puerta fucsia, la abrió y la cerró en la cara del mono. El chico se encontró en una cocina inmensa, había dos hornos, dos fregaderos y tres placas de cocina colocadas en ángulo en las paredes frontal y derecha. Todo era de acero y estaba bien cuidado, en el centro de la habitación había una mesa redonda con una silla. Sobre un mantel rojo estaba colocado un pollo asado con patatas que cautivó a Rooney. Se sirvió vino tinto en una copa de cristal para acompañar el plato. Los tenedores eran de plata, los cuchillos de oro. Las paredes de la habitación eran de color blanco marfil, no había ventanas, y en la pared izquierda se había colocado una nevera de cuatro metros de ancho. Una lámpara de araña con cuatro bombillas iluminaba toda la estancia.

"¡Qué bien!", dijo Rooney con gran sorpresa.

Sin pensárselo dos veces, se sentó a comer el pollo, lo mordió con gran fervor y se bebió el vino.

"Baam", el mono derribó la puerta y Rooney tembló de miedo. En cuanto cruzó el umbral, la puerta detrás del mono desapareció y se convirtió en una pared. Rooney no tenía escapatoria, abrió un cajón de la cocina y cogió un cuchillo largo y afilado con el mango negro.

"¡Vamos mono! ¿Me estabas espiando? Te he visto entre los árboles", dijo Rooney. "Grr Grr" gritó la mona y sus ojos se iluminaron de verde.

Rooney estaba muy asustado, el corazón se le aceleraba. El mono saltó sobre la mesa y el niño empezó a dar vueltas a su alrededor. La bestia le miró con ojos furiosos y abrió los dientes, dispuesta a morder. Rooney cogió un cucharón y se lo lanzó. El chimpancé lo destrozó con los dientes. La habitación crecía en tamaño, las paredes se alejaban cada vez más. Rooney se encontró solo junto al frigorífico, el mono estaba a más de diez metros. Rooney abrió la nevera y vio unos plátanos. Los cogió y el mono empezó a oler el aroma en el aire. El chico lanzó los plátanos en varias direcciones para distraer al animal. El mono iba hacia la izquierda y él hacia la derecha.

"¡Tengo que encontrar una salida! Maldita casa, ¡déjame salir!", maldijo.

El chico empezó a golpearse las manos contra la pared con gran desesperación, el chimpancé ya se había comido dos plátanos y sólo quedaban dos. La morfología de la cocina estaba toda alterada, la mesa había desaparecido, el frigorífico se había encogido. En ese momento, los dos grandes hornos se encendieron y aparecieron llamas abrasadoras en su interior. Rooney sacó otros cuchillos de los cajones y ollas.

"¡Uah! ¡Uah! Uah!", gritó el mono.

Creció en tamaño, se convirtió en un metro y setenta. Tenía una mirada amenazadora y furiosa, Rooney tenía miedo. Nunca había sentido un dolor tan agudo en el pecho antes de esta desventura.

"¡Acabemos de una vez, mono feo! ¡Te voy a comer!" gritó Rooney. "¡Wraaaa!", respondió el chimpancé.

El mono corrió hacia él y Rooney le lanzó las macetas, pero no le dio. Cuando llegó hasta el chico, el animal saltó y abrió los dientes. Hábilmente, Rooney introdujo un cuchillo entre sus fauces y escapó. El mono gritó de dolor, le habían herido. El cuchillo le había perforado el paladar. Se lo sacó de la boca y perdió mucha sangre. No obstante, persiguió a Rooney, que se dirigía a los hornos. El chico abrió uno, era grande y tenía una abertura arqueada. Las llamas eran cegadoras, la temperatura alcanzaba los 3000 grados centígrados.

"¡Ven, mono! Ven a coger el plátano!", le dijo Rooney mostrándoselo.

El mono cayó en la trampa y cogió el plátano con los dientes. Rooney lo agarró por el cuello con gran fuerza, lo metió en el horno y lo encerró dentro.

"¡Uraaah!", gritó de dolor el mono. Se derritió como el hielo al sol.

En ese momento, la habitación empezó a dar vueltas.

"¡A jugar, a jugar, mono!", dijo la niña que apareció de la nada. "¿Quién es usted?", preguntó Rooney, sin entender nada. "¿Qué le has hecho a mi mono?", preguntó la niña.

"Uh, uh..." Rooney no podía hablar.

La chica, al darse cuenta de que el mono había sido quemado vivo, creció más que Rooney, le sangraron los ojos, agarró al chico por el cuello con una fuerza inmensa y lo arrojó al segundo horno.

"¡Socorro! ¡Socorro! ¡Joohn! Déjame salir!", gritó el niño en vano.

La chica encendió el horno y las llamas lo envolvieron. Rooney gritó en vano, la chica estaba satisfecha y reía de alegría. Su juego acababa de empezar.

07

El amor

John estaba jugando y bromeando con Janine, cuando de repente oyó el grito de Rooney. Al mismo tiempo, parecía lejano y cercano.

"¿En qué estás pensando?" dijo Janine, dándole una palmada en la frente y haciéndole entrar en razón.

"¡Pagarás por esto!" Dijo John, Janine salió corriendo y el chico la persiguió de nuevo.

La casa volvió a cambiar de forma sin que los dos se dieran cuenta. Entraron en una habitación con paredes mitad verdes y mitad negras. Janine se detuvo de repente.

"¿Qué está pasando?" preguntó John. "Mira esta cesta", respondió Janine. "¿Muñecas?" dijo John.

Era una cesta llena de muñecas y peluches. Desnudos o vestidos, pero tenían algo especial. "Este no tiene ojos y este no tiene orejas" se dio cuenta John.

"Este no tiene pelo y estos otros dos no tienen cuerpo", señaló Janine.

"Mira, tiene un ojo que se sale de la órbita", susurró Janine, tendiéndole el muñeco a John.

John sintió un escalofrío en la espalda, como si alguien les estuviera observando. Se dio cuenta de que no debía tocar esas muñecas, a alguien no le gustaría.

"¡Tenemos que irnos inmediatamente!" John gritó. "Vamos, espera, déjame ver este otro" dijo Janine.

John cogió a la chica de la mano y la sacó de la habitación con fuerza. Luego cerró la puerta.

"¿Qué te pasa? ¿Por qué actúas así?" dijo Janine, asustada, y salió corriendo y llorando. "¡Janine, para!" Dijo John, tratando en vano de agarrarla.

Mientras tanto, Robin había entrado en la habitación de Barbara. Se acercó a ella en silencio y la abrazó por detrás.

"¡Aaah!" gritó Barbara, dándose la vuelta con cara de susto. "¡Qué cara has puesto!" Robin se rió.

"¡Eres un tonto!", dijo Barbara y le apartó de un empujón.

"Sólo era una broma, quería hacerte compañía", dijo Robin con una mirada cálida. "Vale, tonto" dijo Barbara y luego le besó.

Después de besarse, los dos se tumbaron en la cama. Se miraron a los ojos y se rieron. Se mordieron y se besaron. Robin se quitó la camisa.

"¿Qué haces? ¿Te has vuelto loca?" gritó Barbara, ruborizada de vergüenza. "¿No quieres?", preguntó Robin.

"Claro que sí", contestó Barbara y le besó apasionadamente. De repente, se oyó un ruido vibrante.

"¡A jugar! Vamos, juguemos!", dijo la niña con su fina voz. Los dos estaban asustados.

"¿De dónde ha salido?", preguntó Barbara. "No la vi entrar", respondió Robin.

La chica apareció de la nada, corriendo de un lado a otro y tirando todo lo que encontraba. Comida, esmalte de uñas, perfumes, ropa. Luego saltó varias veces sobre la cama y Robin la agarró por el brazo.

"¡Ahora te callas y te portas bien aquí dentro!", le dijo Robin y la encerró en una habitación con llave.

"¡Déjenme salir!", gritó la chica mientras aporreaba la puerta.

"¡Qué has hecho! ¿Estás segura de que podemos hacerlo? Tengo miedo" preguntó Barbara, abrazando fuertemente a Robin por el miedo.

"No tengo ni idea de quién es ni de dónde viene", respondió Robin, asustada.

La chica sonrió y le brotó sangre de los ojos. En el estante, sobre las cabezas de los dos jóvenes, había una estatua de un elefante negro y brillante. La chica pareció llamarlo con un gesto, y el artefacto cayó desde arriba, justo encima de la cabeza de Robin. El chico ni siquiera tuvo tiempo de darse cuenta de lo que ocurría y cayó de la cama. El impacto fue fuerte. Parte de su cráneo estaba dañado y un río de sangre manaba de su cabeza. No podía respirar ni hablar bien, sus ojos suplicaban ayuda. Empezó a tener un ataque epiléptico, las contracciones tónico- clónicas eran impresionantes.

"¡No!" Barbara gritó tan fuerte que John y Janine la oyeron desde lejos. "¡Detente Janine!" Gritó John y la agarró de la mano.

"¡Es Barbara! Tenemos que ir a verla". Janine comprendió.

Los dos niños se encontraron en un estrecho pasillo de

paredes negras, con pinturas de extrañas espirales que inquietaron a los niños.

"¿Dónde estamos?" preguntó Janine.

"No lo sé, no recuerdo haber estado en este lugar" respondió John.

Al final del pasillo, llegaron a una puerta roja y la abrieron. Vieron el cuerpo sin vida de Robin y a Barbara llorando. John se arrojó sobre el cuerpo de su amigo y lloró amargamente.

"¿Qué ha pasado? ¿Cómo es posible? ¡Robin, responde!" John llamó en vano. Nada más pronunciar esas palabras, la chica atravesó la puerta.

"¡Vamos plaaaay!", gritó con voz fantasmagórica. "¡Es un fantasma! ¡Ayuda!" Barbara gritó.

En un instante, la niña entró en el cuerpo de Barbara. La chica cambió de aspecto, se volvió delgada, alta, con el pelo blanco y las manos arrugadas. Tenía largas garras y de la boca le goteaba saliva apestosa. La piel estaba seca y gris. John estaba aterrorizado por sus ojos inyectados en sangre. Barbara ya no tenía el control.

"¡Huyamos!" dijo John, cogió la estatua del elefante y salió corriendo con Janine.

Corrieron tan rápido como pudieron, pasaron bajo un arco de mármol, giraron a la derecha y luego a la izquierda. Llegaron a una escalera de caracol, bajaron sin mirar atrás y finalmente se encontraron en un granero lleno de gallinas y balas de heno.

"¿Cómo hemos acabado aquí?" preguntó Janine.

"¡No lo sé, este lugar está maldito! Han matado a nuestros amigos, quién sabe cómo estarán Rooney y Lizzy. Tengo un mal presentimiento" dijo John con miedo.

El granero era todo rojo y las gallinas lo llenaban casi todo. Vagaban libres y comían el grano del suelo. Había una escalera de madera que conducía al piso superior, abierto hasta la mitad. Desde arriba se veían las gallinas y el resto del granero. No había puertas de salida y la escalera por donde habían venido desapareció de repente.

"Bruum" se oyó un fuerte ruido.

"¡Ghà ghà ghà! Juguemos a los amigos!" gritó Bárbara a bordo de un tractor verde. El monstruo que apareció ante ellos no se parecía en nada a su amigo.

"¡Sube Janine, yo la distraeré!" Dijo John y la chica asintió.

John sostenía el elefante en sus manos y el fantasma le apuntaba. El niño comprendió la situación y trató de utilizarla a su favor. El monstruo le perseguía a bordo del tractor y John corría entre las gallinas. Se paró delante de las balas de heno y empezó a gritar: "¡Queréis el elefante! Venid a por él!"

El tractor iba a toda velocidad, el fantasma alargó la mano desde el vehículo. Con sus garras, atacó a John. El chico escapó en el último momento y el fantasma cayó del tractor que se estrelló contra las balas de heno. Aprovechando el aturdimiento, John utilizó el elefante para romper el cráneo del fantasma.

En ese momento, la estatua se rompió en mil pedazos y el fantasma abandonó el cadáver de Barbara. Las lágrimas de Janine eran tristes y amargas, pero sabía que ya nada podría salvarla. La muchacha bajó corriendo y se reunió con John. El joven la abrazó y al mirarla a los ojos, un abismo se abrió bajo ellos. Los dos jóvenes cayeron a un sótano.

08

La flor

Estás bien?" preguntó John, ofreciendo su mano para ayudar a Janine a levantarse.

" "Sí, hace mucho frío aquí abajo", dijo la chica, abrazándose a sí misma."

De repente, alguien se acercó sigilosamente. "¡Todo es culpa suya! Su ira nunca se detendrá!"

John y Janine dudaron un momento.

"¡Bastardo! Nos has engañado!" Gritó John y le agarró por el cuello. "¡Nos has traído a un lugar maldito!"

"¡Piedad! Piedad!", imploró el viejo propietario. "Suéltalo" intervino Janine, y el chico aflojó el agarre.

El anciano tosió y se sentó en un sillón marrón, viejo y desgastado. Los dos jóvenes miraron a su alrededor y se dieron cuenta de que estaban en un lugar malo y estrecho, lleno de moho, telarañas y ratas. Las paredes eran grises y estaban podridas, había una cama rota y una pequeña mesa con herramientas como un martillo y una sierra. Algunas velas estaban esparcidas aquí y allá para iluminar el sótano.

"¿Qué es este lugar?" preguntó John.

"Es mi campamento. Yo vivo aquí", respondió el anciano. "¿Aquí dentro? ¿Por qué?" preguntó Janine.

"Esta casa está maldita, ya no es mía", respondió Edgar.

"Entonces, ¿por qué vives aquí? ¿Por qué no huiste? No te habríamos conocido si no estuvieras aquí". dijo John con una ira incontrolable.

"No puedo abandonar esta casa. Nadie puede. Ni siquiera los habitantes de Marcoons pueden abandonar esta montaña", respondió el anciano.

"¡Habla viejo! Estoy harto de tus mentiras". John amenazó, blandiendo un martillo.

"De acuerdo", tosió el anciano con una risa malvada. "¡Yo no puedo morir, pero tú sí! Ella siempre quiere nuevas almas de las que alimentarse".

"¿Quién es ella?" preguntó Janine.

"Se llama Margaret. Es la hermana de Judith, la hija del posadero", respondió el anciano.

John se sorprendió, luego pensó en esas palabras y se dio cuenta de que las dos chicas se parecían mucho. Llevaban trenzas y vestidos parecidos, sólo cambiaban los ojos y el color del pelo. Era la que había visto antes en la mecedora. Cuando salió de la taberna, notó la tristeza de la joven que le había servido carne de búfalo con gran alegría.

"¿Cómo es posible? ¿Sois todos fantasmas?" preguntó John.

"Estamos entre la vida y la muerte. Le pertenecemos, puede hacer lo que quiera. Vivo en esta montaña desde 1880", respondió el anciano.

"Durante todos estos años, ¿ha traído niños a esta casa?" preguntó Janine. "Cualquiera que quisiera seguirme, hombres, mujeres o niños", respondió el anciano.

"¡Sucio hijo de puta!" gritó John y le dio un puñetazo en la cara. El hombre se rió y escupió sangre.

"No puedo morir, puedes hacer lo que quieras. No cambiará nada" el viejo rió malvadamente.

"¿Quién transformó a esa chica en esta criatura monstruosa?" preguntó Janine.

"Una magia antigua y muy oscura, invocada por la propia niña, por mi culpa" respondió Edgar con pesar.

"¿De qué estás hablando? ¿Qué le has hecho?" preguntó Janine con cara de amargura.

El anciano se estremeció. "Mi hijo Luis era un chico con un corazón de oro. Amaba a aquella chica más que a su vida. Era preciosa, parecía un ángel. Venía a menudo a jugar a esta casa. Pensamientos oscuros nublaron mi mente, di todo lo que tenía para desviar mi atención de estos pensamientos. Pero no podía. Una vez le pedí que me ayudara a llevar unos paquetes al sótano. Cerré la puerta con llave y con fuerza la violé sexualmente sobre esta mesa", dijo el anciano con pesar.

John lo agarró por el cuello y apretó tan fuerte como pudo. "¡Eres un cobarde! ¿Cómo has podido hacerle esto? ¡Tu muerte será lenta y dolorosa! Estarás condenado para siempre".

"Ya lo sé" dijo el anciano con la respiración entrecortada. "No puedo morir, déjame ir. Sé cómo derrotarla".

John le dejó marchar a regañadientes.

"¡Dinos lo que tenemos que hacer!", gritó Janine.

El anciano tosió y luego habló: "Durante el acto, la chica se agitó. Estaba a punto de huir, así que la estrangulé. Antes de exhalar el último suspiro, pronunció unas palabras extrañas. No entendí su significado, pero maldijo la casa y a todos los habitantes del pueblo, incluso a un mono y a un pequeño elefante de juguete que se convirtieron en piedra y han perseguido la casa durante décadas. Son sus sirvientes".

"¡Ese elefante maldito lo destruí con mis propias manos! Dos de mis amigos han muerto por culpa de ese fantasma y no sé si los demás están bien. Dime exactamente qué palabras pronunció!", maldijo John.

"Arumath, Aruntur, Aruthà" respondió el anciano.

"Diosa Arumath, destruye sus vidas por mí" tradujo John. "¿Conoces este idioma?", preguntó Janine.

"Sí, es un antiguo lenguaje mágico utilizado por las brujas wiccanas. Arumath es una antigua diosa egipcia, protectora de las jóvenes. Muchas jóvenes la honraban con ofrendas para recibir protección contra todo mal. La chica invocó a la diosa por desesperación y ella tomó posesión de su alma. No sé de qué libro oscuro estudió estas palabras, tal vez del Grimorio Negro de Satán. Creo que sólo las pronunció por miedo, desde luego no sabía lo que hacía", explicó John.

"¡Exactamente, muchacho! ¡Noté que había un símbolo como una A grabado en su piel! He leído su libro maldito. Estoy encadenado en este lugar y no puedo salir de casa más de medio día. Sin embargo, ¡en estos años he descubierto cómo derrotarla! La única solución para acabar con la maldición es crear un círculo de flores blancas alrededor de la casa", dijo la dueña.

"Ahora entiendo por qué hay todas esas flores. ¡Hay un

lugar vacío! ¿Por qué falta una flor?", preguntó John.

"La última flor debe ser un Leontopodium Alpinum y debe ser plantada en ese preciso lugar por un joven de corazón puro que sepa amar a su amada", explicó el anciano.

John miró a Janine con asombro. "¿Una Starflower alpina? Pero si es una flor que crece en Europa, ¡es imposible encontrarla por aquí!".

El anciano cogió una baldosa del suelo y sacó esa misma flor dentro de un jarrón. Era blanca y parecía una estrella, tenía pocas hojas verdes, un tallo corto y las cabezas de las flores se asemejaban a una pata de león.

"¡Los ojos de mi hijo señalan ese preciso lugar donde lo plantarás!", gritó el anciano. "¿Esas calaveras pertenecen a tu familia?", preguntó Janine.

"Sí, la maldición se llevó todo lo que me era más querido. Mi hijo Luis, de catorce años, mi hija Gwen, de ocho, y mi esposa Jane. Murieron por voluntad de la diosa, fueron las primeras almas que devoró. Sus cuerpos se convirtieron en huesos al instante. Entonces yo tenía treinta y cinco años", explicó el anciano. Depositó la flor blanca sobre una mesa desgastada.

Janine se apartó del anciano, miró a John a los ojos y le cogió las manos cariñosamente. "¡Juntos lo conseguiremos! Escaparemos de aquí!", consoló Janine. En ese mismo momento, el viejo propietario empezó a llorar sangre, empuñó un afilado cuchillo y apuñaló a Janine por la espalda. El arma salió de su pecho y la chica escupió sangre.

"¡No! ¡Janineee!" Gritó John en vano, el cuerpo de la chica se desplomó en el suelo sin fuerzas.

La cabeza del anciano giró 360 grados y estalló en mil pedazos. John intentó detener la hemorragia con las manos, pero la sangre no paraba.

"Todo va a ir bien Janine, podré salvarte. Aguanta!" dijo John desesperadamente. Janine sonrió. "Te querré siempre", balbuceó.

Con lágrimas en los ojos, John besó a la chica. Duró un instante, pero para ellos fue un momento de amor verdadero. Janine dejó de respirar, sus ojos se apagaron de tristeza. John lloró y puso el grito en el cielo.

"Juguemos, John", dijo Janine con voz chillona. Tenía una sonrisa malvada en la cara y sus ojos, llenos de sangre y maldad, miraban a John con ira.

¿"Janine"? ¡No! ¡Eres Margaret! Maldita!" gritó John y se alejó rápidamente de la chica.

Janine había sido poseída por el fantasma; se levantó del suelo y se sacó el cuchillo de la espalda. Lo empuñó y amenazó a John.

"¡Eres el único que queda! La venganza de Arumath está a punto de cumplirse!" gritó Janine con una voz fantasmal y helada.

"¡Despierta Janine! Debes parar!" gritó John.

John arrancó la flor del jarrón y echó a correr. Atravesó una puerta y se encontró en un lugar oscuro. Se sentía como en un vórtice negro, el chico corría en la oscuridad sin ver nada. En cierto momento, llegó a una habitación bien iluminada, había extraños símbolos dibujados en las paredes en colores azul, rojo y verde.

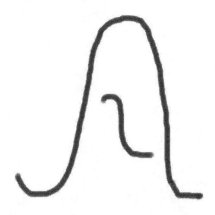

"¡El Símbolo de Arumath!" John se dio cuenta.

El chico abrió una puerta y se encontró frente a una pared con un único agujero al fondo. Tuvo que arrastrarse por él para escapar del fantasma. Los gritos del monstruo se acercaban cada vez más. John se arrastró por ese hueco y llegó a un túnel subterráneo. En algún momento cayó al vacío y se encontró en la habitación de paredes rosas. En un sofá blanco frente a él estaba Janine.

"Ven a mí, John. Estaremos juntos para siempre", dijo el fantasma con los brazos abiertos. "¿Cómo pudiste hacerme esto? Destruiste todo lo que tenía". exclamó John.

"¡Lo perdí todo! Me quitaron la vida y ahora os la quitaré a todos vosotros!" gritó Janine, mostrando sus largos dientes y sus ojos llenos de sangre y rabia.

John entró en pánico, no sabía qué hacer. De repente sintió que un calor lo envolvía, una energía blanca y pura pasó por detrás de él y luego voló hacia el techo.

68

"Chicos, ¿sois vosotros?" Dijo John, sorprendido. En aquella energía blanca vio las caras de sus amigos, con su fuerza hicieron caer la araña de cristal encima de la cabeza del fantasma. El ser gritó y quedó bloqueado por un momento, sus amigos atacaron la casa y crearon una brecha hacia el exterior. John huyó sin volverse atrás, vio las calaveras y la más pequeña le indicó el camino correcto para llegar al lugar vacío del círculo. John corrió lleno de valor, casi pudo llegar al lugar exacto cuando una fuerza inmensa lo tiró al suelo.

"¡Graaaah!", gritó el fantasma. Con enormes mandíbulas, mordió la pierna derecha del chico. El cuerpo de Janine ya no podía mantenerse en pie y se arrastraba por el suelo.

John, a pesar del dolor, también se arrastró para llegar al punto exacto. Estiró el brazo y plantó la Estrella Alpina que guardaba en la palma de la mano justo en aquel preciso lugar. Las flores blancas se iluminaron al unísono, el fantasma gritó de dolor y se vio obligado a abandonar el cuerpo de Janine.

"¡Maldita sea! ¿Cómo te atreves? Soy Arumath", gritó la diosa.

La casa se derrumbó sobre sí misma, se rompió en mil pedazos y luego se convirtió en polvo. El símbolo de Arumath desapareció, la ciudad de Marcoons se esfumó junto con todos sus habitantes. Todos rieron y se sintieron por fin libres. Las almas de los muertos que habían sido absorbidas por Arumath a lo largo de los años emergieron de su esencia. La diosa explotó y emitió una luz tan brillante que era visible en todo Estados Unidos.

"La estrella alpina es tu flor favorita, mamá. Crece en lugares áridos, en las montañas, y lo resiste todo. No le tiene miedo a nada, como tú ", dijo John entre lágrimas.

John había recibido una herida mortal. Sonrió con la mirada vuelta hacia el cielo.

"La Casa de la Muerte ya no existía, se dice que aquel día alguien vio a unos niños cogidos de la mano ascender al cielo por una escalera blanca. Al final de la escalera, dos niñas gemelas se cogieron de la mano y rieron junto a los demás".

EL FIN

Agradecimientos

Gracias por llegar hasta aquí. A continuación puedes leer la experiencia que me inspiró para escribir esta novela, extraída de mi libro "Los sueños de mi mente".

El fantasma - Entre el sueño y la realidad

Esta historia que voy a contarles está en el límite entre el sueño y la realidad. Sucedió cuando yo tenía 10 años, durante las Navidades, entre el 24 y el 26 de diciembre, en Morcone, en la provincia de Benevento. Éramos tres familias para un total de diez personas, llegamos rápidamente al pequeño pueblo de montaña. Recuerdo que tenía muchas casas, todas cerca unas de otras, pero la nuestra estaba más aislada. Las carreteras y calles del pueblo eran muy empinadas, había pocas tiendas y una iglesia. La casa que habíamos alquilado para las Navidades era grande y tenía diez habitaciones, dos comedores, cada uno con chimenea. También había un pequeño jardín anexo con pequeños árboles y bellotas esparcidas por el suelo. Yo, mi hermana y una amiga fuimos a explorar. Debajo de la casa había un gran aparcamiento, estrecho, frío y fantasmal. Dentro encontramos una cesta llena de juguetes, todos estaban rotos. Había muchas muñecas sin cabeza ni ojos. Las dos niñas querían llevárselas, pero les dije que no. Sentí una presencia extraña, algo que me hizo comprender que aquellas muñecas pertenecían a alguien y que no debíamos tocarlas.

En general, los días eran felices y divertidos, pero algunos misterios seguían sin resolverse. Por las noches siempre se oían ruidos extraños, los cuadros colgados en las paredes, por la noche estaban derechos y a la mañana siguiente estaban torcidos. Siempre los poníamos en posición recta, pero al día siguiente volvían a estar torcidos. Tal vez la causa fuera la inclinación de la casa. Todo el mundo se dio cuenta.

Una noche que hacía frío, tuve que ir al baño. Me armé de valor y fui. Volví a la cama y al cabo de un rato oí que en una habitación se quejaban del frío porque alguien había abierto la ventana. De repente, la ventana que tenía delante se abrió y la persiana bajó y subió sola. Pensé que era un sueño, metí la cabeza bajo las sábanas y recé. Todo se calmó y me dormí.

Al día siguiente no dije nada, jugué como siempre por la casa. Cogí un patinete que había en un comedor y con él recorrí el largo pasillo que iba de un comedor a otro. A los lados del pasillo había varias habitaciones. Mientras iba de un lado a otro a gran velocidad, vi en una habitación a la izquierda una mecedora negra y en ella a una chica. Pensé que era mi hermana, pero decidí no detenerme y continuar hasta el comedor para luego volver y entrar en esa habitación y jugar con la mecedora. Cuando llegué al comedor, encontré a mi hermana, así que me sorprendí mucho. ¿Quién era la niña de la mecedora? Así que entré en aquella habitación y no había nadie, jugué un poco en la mecedora y luego me fui. Tiempo después, pensando en su aspecto, puedo decir que tenía un vestido negro al estilo de finales del siglo XIX, el pelo negro y una cara blanca de la que no recuerdo los rasgos. Lo extraño de esa casa era que el dueño, cuando venía a saludar, nunca quería entrar, siempre se quedaba en la entrada y siempre decía que la casa estaba en venta.

Meses después de aquellas vacaciones, nos reunimos con las otras dos familias para pasar tiempo juntos. Mi madre había hecho una película casera con la cámara, tres copias, una para cada familia. Hoy, por alguna extraña razón que ignoro, esas tres cintas han desaparecido. Las tres se perdieron y nadie sabe la razón. Vi la cinta dos veces, era muy divertida y no había nada raro. Durante la reunión, alguien dijo que la casa estaba encantada por fantasmas. A esa edad, yo sólo tenía diez años, no sabía lo que eran los fantasmas. Una tía lejana dijo que había visto a una anciana en la mecedora, mientras que mi amiga dijo que había visto a una niña pequeña. Yo no dije nada. No sé si mentían o si lo que había visto era un sueño o pura realidad.

Made in the USA
Columbia, SC
22 July 2024

39009574R00045